Vente du Lundi 15 Mai 1882,

HOTEL DROUOT, SALLE N° 3.

OBJETS D'ART

ET DE CURIOSITÉ

EXPOSITION PUBLIQUE

Le Dimanche 14 Mai 1882

de une heure à cinq heures

COMMISSAIRE-PRISEUR

M° PAUL CHEVALLIER, Succ° de M° CHARLES PILLET

10, RUE DE LA GRANGE-BATELIÈRE, 10.

EXPERT: M. CHARLES MANNHEIM, 7, rue Saint-Georges

CATALOGUE

DES

OBJETS D'ART

ET DE CURIOSITÉ

Bijoux anciens; Eventails; Faïences de Rouen, de Delft et autres;
Porcelaines; Laques du Japon; Fusils Louis XV; Panneaux en bois sculpté;
Quelques Tableaux; Objets variés;
Grand Meuble en bois sculpté; Fauteuils Louis XVI couverts en tapisserie;
Lit Louis XV; Meubles divers.

DONT LA VENTE AURA LIEU

HOTEL DROUOT, SALLE N° 3

Le Lundi 15 Mai 1882,

A deux heures.

COMMISSAIRE-PRISEUR

Mᵉ PAUL CHEVALLIER, Succʳ de Mᵉ CHARLES PILLET

10, RUE DE LA GRANGE-BATELIÈRE

EXPERT

M. CHARLES MANNHEIM, 7, rue Saint-Georges

Chez lesquels se trouve le présent Catalogue.

EXPOSITION PUBLIQUE : Le Dimanche 14 Mai 1882

DE UNE HEURE A CINQ HEURES

CONDITIONS DE LA VENTE

Elle sera faite au comptant.

Les adjudicataires payeront *cinq pour cent* en sus des enchères.

L'exposition mettant le public à même de se rendre compte de l'état des objets, il ne sera admis aucune réclamation une fois l'adjudication prononcée.

Paris. — Typ. PILLET et DUMOULIN, 5, rue des Grands-Augustins.

DÉSIGNATION DES OBJETS

BIJOUX

1 — Montre Louis XV, à double boîte, en or repoussé à figures en haut-relief et ornements.

2 — Deux bagues du xvie siècle en or ciselé, l'une d'elles conservant des traces d'émail et ornée d'un saphir.

3 — Bague ornée d'une intaille sur sardoine orientale représentant un amour poursuivant un papillon, signée Pikler.

4 — Trois autres bagues d'or ornées d'intailles.

5 — Trois camées montés en bagues d'or.

6 — Trois bagues en or : l'une d'elles filigranée.

7 — Huit bagues diverses et quatre boucles d'oreilles en or et en argent.

8 — Saint Esprit en argent et stras.

9 — Tabatière oblongue en or guilloché et à cordons ciselés.

10 — Châtelaine avec montre en or ciselé décorée d'armoiries émaillées et avec crochet orné de cygnes en argent.

11 — Montre en or gravé du temps de Louis XV, avec chaînette d'acier.

12 — Deux pièces : petit collier de corail et broche ornée d'une miniature sur ivoire.

13 — Éventail moderne en nacre de perle sculptée avec feuille peinte par Constantin. Sujet champêtre.

14 — Autre éventail avec monture de nacre finement repercée à jour.

15 — Trois éventails Louis XV et Louis XVI, à montures d'ivoire.

16 — Très petite montre en or avec armoiries gravées réservées sur fond d'émail bleu.

17 — Boîte ronde en vernis de Martin, galonnée de cuivre et à sujet en ivoire sculpté sur le couvercle.

18 — Quatre paires de boutons de manchettes en or, et pierres diverses.

19 — Deux bagues d'or, l'une ornée d'une émeraude et de diamants, l'autre de turquoises et de demi-perles.

20 — Deux paires de boutons de manchettes formés de scarabées antiques en terre émaillée.

21 — Trois boucles en stras.

22 — Lot de broches et d'épingles émaillées noir.

FAIENCES DE ROUEN

23 — Douze assiettes à bords festonnés, décor polychrome *à la corne*.

24 — Six compotiers de même décor.

25 — Grand plat rond à bords festonnés de même décor

26 — Trois compotiers octogones décor polychrome ; bou-
quet de fleurs, au centre, et bordure d'ornements.

27 — Assiette décor polychrome de style chinois.

28 — Compotier décor polychrome à fleurs et oiseaux.

29 — Saladier carré décor polychrome à la corne.

30 — Plat rond à bords festonnés de même décor.

31 — Saladier carré décor polychrome à fleurs et papillon.

32 — Deux plats ronds à contours, décor polychrome à
fleurs au centre, et ornements au marli.

33 — Plat à barbe, décor polychrome à cornes de fleurs

34 — Assiette à décor bleu ; lambrequins au bord et corbeille de fleurs au centre.

35 — Petit compotier décor polychrome à fleurs et grenade.

36 — Deux plats oblongs décor polychrome à la corne.

37 — Deux plats analogues, mais plus grands

38 — Plat de même forme, encore plus grand.

39 — Grand et beau plat ovale à côtes, à décor bleu, ornements et guirlandes de fruits.

40 — Assiette à bords festonnés décor polychrome à lambrequins et festons de fruits au marli et corbeille de fleurs au centre.

41 — Trois cache-pots cylindriques et à côtes, à décor bleu et rouille.

42 — Petite bouteille à pans décor polychrome à fleurs, fruits et ornements.

43 — Fontaine applique à décor bleu.

44 — Diverses soupières à décor polychrome.

45 — Écuelle à oreilles plates et à couvercle, décor polychrome à ornements et festons de fleurs.

46 — Autre écuelle, décor polychrome à fleurs.

47 — Grand pichet à cidre, décor polychrome à fleurs.

48 — Trois porte-huilier à décors variés.

49 — Deux encriers décor polychrome.

50 — Deux vases de pharmacie décor polychrome.

FAIENCES DE DELFT

51 — Deux plaques ovales à contours décor polychrome à fleurs et oiseaux.

52 — Huit assiettes décor polychrome à corbeilles de fleurs au centre et fleurs au marli.

53 — Plaque simulant une cage à décor polychrome.

54 — Deux assiettes décor bleu à fleurs formant rosace.

55 — Plat rond à fond vert et à réserves de fleurs.

56 — Trois plats ronds à lobes décor bleu de style chinois.

57 — Deux plats analogues à décor jaune et manganèse.

58 — Deux flambeaux à décor bleu.

59 — Plat rond décor polychrome à fleurs et ornements,

60 — Groupe en faïence à décor bleu. Femme couchée et endormie.

FAIENCES DIVERSES

61 — Pot-attrape en faïence d'Avignon, à ornements en relief décorés en couleurs sur fond brun.

62 — Deux petites jardinières à deux anses, en faïence de Saint-Omer, à fond bleu.

63 — Plat rond à contours en faïence de Moustiers, décor polychrome.

64 — Trois assiettes en faïence de Saint-Omer, à fond bleu et décor blanc de fleurs.

65 — Deux assiettes en faïence de Strasbourg, à fleurs et ornements en relief et décor polychrome.

66 — Quatre assiettes à décor dit de l'Époque révolutionnaire.

67 — Plat ovale à ornements découpés simulant les anses et décor de fleurs.

68 — Deux grands bols en faïence de Perse à décor bleu.

69 — Petit groupe de trois figures en faïence, décor polychrome.

70 — Deux figurines analogues au groupe qui précède.

71 — Statuette de vielleur en terre émaillée, d'après Palissy.

72 — Buire en terre émaillée, modèle de Briot, d'après Palissy.

PORCELAINES

73 — Plat oblong à angles coupés, en ancienne porcelaine de l'Inde, monté en bronze.

74 — Diverses tasses avec soucoupes en porcelaine de Chine et autres en imitation de Chine.

75 — Deux petits vases ovoïdes à couvercle en porcelaine de Chine à fond rose et jaune, gravés et décorés de fleurs.

76 — Boîte ronde et plate en poterie de Satzuma à décor d'or.

77 — Petite potiche en ancienne porcelaine du Japon à décor de fleurs et ornements en bleu, rouge et or.

78 — Deux statuettes en ancienne porcelaine de Berlin : Vénus et Pâris debout sur socles triangulaires.

79 — Tasse droite avec soucoupe, en porcelaine de Vienne, à fond bleu et médaillon peint en grisaille.

LAQUES

80 — Godet cylindrique à couvercle en laque noir du Japon, décoré de fleurs en or et aventurine.

81 — Brûle-parfums surbaissé et à lobes en laque noir à décor d'or avec couvercle en cuivre découpé et argenté.

82 — Deux petites boîtes oblongues en laque noir, décorées de quadrillages et de fleurs en or.

83 — Boîte carrée à angles arrondis en laque noir, décorée de branches de fleurs en rouge, argent et or.

84 — Petite boîte carrée à angles arrondis en laque noir, décorée de branchages et de nuages en or.

85 — Boîte cylindrique à trois compartiments en laque noir, décorée de fleurs arabesques en or et aventurine.

86 — Boîte de forme sphérique à couvercle aplati en laque usé du Japon, à décor d'or, paysage.

87 — Boîte en forme de fruit en laque d'or.

88 — Boîte cylindrique à trois compartiments en laque noir, décorée d'un paysage montagneux et de pins en or.

89 — Trois godets cylindriques en laque aventuriné à décor d'or.

90 — Trousse de médecin en laque noir, décorée de branches de fleurs en or.

91 — Boîte rectangulaire en laque noir usé du Japon, décorée de paysages et d'attributs en or.

92 — Boîte carrée et plate en laque noir, décorée d'un paysage en or.

93 — Boîte carrée à deux compartiments en laque noir, décorée d'armoiries et de feuillages d'or.

94 — Plateau carré en laque noir, décoré d'un paysage en or et burgau.

95 — Deux boîtes longues à couvercle à recouvrement en laque noir et décor de fleurs en or.

96 — Petit meuble étagère à tiroir, en laque noir, décoré de fleurs arabesques en or.

97 — Boîte longue à couvercle bombé en laque noir, décorée de branches de roseaux en or.

98 — Deux boîtes à éventails en bois dur.

99 — Etagère triangulaire à six compartiments en laque rouge.

100 — Boîte longue en laque à décor d'or.

101 — Deux boîtes rondes en laque aventuriné à décor d'or.

OBJETS VARIÉS

102 — Beau fusil de chasse à deux coups de *Simon, arquebusier du comte d'Artois, à Paris,* et garni en argent.

103 — Fusil à un coup de *de Saintes, arquebusier du Roy, à Versailles.*

104 — Lot de serrures gothiques pour meubles.

105-107 — Quantité de panneaux gothiques et de la Renaissance en bois sculpté.

108 — Trois casques prussiens.

109 — Petite console de style Louis XIV en bois sculpté et doré.

110 — Deux boîtes contenant des balances et des poids anciens.

111 — Deux coupes sur socles carrés en stuc.

112 — Treize peintures chinoises représentant des sujets variés et encadrées d'une baguette dorée.

113 — Fusil à mèche et deux sabres de travail japonais.

114 — Quatre épées de diverses époques. Ce lot sera divisé.

115 — Christ en ivoire. Travail français du xviie siècle.

116 — Oliphant en ivoire de travail barbare.

117 — Tableau de Jos. Correns, peintre belge.

118 — Tableau : Paysage avec rochers.

119 — Tableau : Flore.

120 — Tableau : Femmes surprises au bain.

121 — Divers tableaux anciens.

122 — Deux vases de forme oblongue sur piédouche et à couvercle en métal laqué genre vernis de Martin, décorés de sujets de personnages en couleurs et d'ornements dorés.

123 — Deux petits vases en émail cloisonné de la Chine à fleurs sur fond bleu.

124 — Deux petits vases de forme surbaissée en émail de Canton à fond blanc.

125 — Flacon de forme aplatie et à couvercle en forme de couronne en émail de Canton à décor polychrome.

126 — Deux verres à pied en émail blanc sur cuivre.

127 — Volume contenant un grand nombre de gravures de diverses époques représentant des personnages historiques et autres.

128 — Deux chenets en bronze doré à base triangulaire ornés de figurines de satyres et de mascarons.

129 — Deux petits candélabres à trois lumières, en bronze doré, modèle rocaille, et à figurine d'enfant.

130 — Verre à pied et à couvercle décoré de corbeilles et d'ornements gravés.

MEUBLES ET SCULPTURES

131 — Grand meuble en bois sculpté à rinceaux, oiseaux, fleurs, fruits et rosaces. Il ferme à cinq portes et contient cinq tiroirs. XVIIe siècle.

132 — Six fauteuils de la fin du XVIIIe siècle en bois peint en blanc et couverts en tapisserie à figures, animaux et draperies.

133 — Six autres fauteuils en bois sculpté et peint en blanc, du temps de Louis XVI, couverts en tapisserie à oiseaux et ornements.

134 — Lit en bois sculpté à fleurs et ornements et peint en couleurs, garni en cretonne. Époque Louis XV.

135 — Quatre fauteuils de style Louis **XVI**, en bois doré, couverts en tapisserie d'Aubusson à fond vert.

136 — Miroir avec cadre en bois sculpté à figures, fleurs et aigle. Époque Louis **XIV**.

137 — Deux autres cadres en bois sculpté contenant des reliques. Époque Louis **XIV**.

138 — Grand panneau en bois sculpté du xviie siècle représentant une figure d'ange et des chérubins.

139 — Deux consoles Louis **XVI** en bois sculpté, sans marbres.

140 — Cadre Louis **XVI** en bois doré.

141 — Petit canapé et deux fauteuils Louis **XV** couverts en soie à fleurs.

142 — Deux meubles d'entre-deux en bois noir et vitrés, garnis de bronzes. Style Louis **XIV**.

143 — Chaise de style Henri II couverte en velours de Gênes à fond rouge et feuilles vertes.

144 — Chaise garnie d'étoffe de soie de style oriental.

145 — Bois de fauteuil Louis **XVI**, dossier à médaillon.

146 — Bois de fauteuil Louis **XIV**, sculpté.

147 — Buffet ou bibliothèque à deux corps, de style Louis XIII, en bois sculpté.

148 — Bahut de même style en bois sculpté.

149 — Statuette de baigneuse en marbre blanc. — Haut. 55 cent.

150 — Autre statuette en marbre : l'Amour clairvoyant.

RED. :

379.89.70
graphicom

0 1 2 3 4 5 6

BIBLIOTHEQUE NATIONALE DE FRANCE

****

CHATEAU DE SABLE

1996

www.ingramcontent.com/pod-product-compliance
Lightning Source LLC
LaVergne TN
LVHW011037050726
842519LV00004B/1423